CW00997026

Alexandre Pouchkine

Le coup de pistolet

et autres récits de feu Ivan Pétrovitch Bielkine

*Traduit du russe
par André Gide et Jacques Schiffrin
et annoté par Gustave Aucouturier*

Gallimard

Ces nouvelles sont extraites du recueil
La Dame de pique précédé de *Récits de feu Ivan
Pétrovitch Bielkine* et de *Doubrovski*
(Folio Classique n° 542).

AVERTISSEMENT

Les mots ou phrases en italique et précédés d'un astérisque
sont en français dans le texte russe.

Issu d'une noblesse très ancienne par son père, Alexandre Pouchkine naît à Moscou en 1799. Il connaît la célébrité avec ses premiers poèmes, comme *Souvenirs à Tsarskoïe Sièlo* (1814), alors qu'il est encore au lycée. Après ses études, il mène une vie mondaine et dissipée qui ne l'empêche pas d'écrire de nombreuses poésies, parfois frondeuses, comme l'ode *Liberté* en 1817. Ses poèmes séditieux lui vaudront une période d'exil de quatre ans au Caucase, puis à Kichiniov et à Odessa, exil prolongé en 1824, lorsque la police secrète intercepte l'une de ses lettres, dans laquelle il évoque son penchant pour l'athéisme, crime capital à l'époque en Russie. Il est alors envoyé à Mikhaïlovskoïè, au nord-ouest de Moscou, dans la région de Pskov. C'est à cette époque qu'il achève sa tragédie *Boris Goudounov*, qu'il ne publiera qu'en 1831, à cause de la censure impériale. En 1826, le tsar Nicolas Ier s'institue personnellement son « censeur » et l'autorise à rentrer à Moscou. En 1827, à l'occasion d'un séjour à Mikhaïlovskoïè, il commence la rédaction du *Nègre de Pierre le Grand*, tentative de romancer la vie de son ancêtre maternel Hannibal, qui restera inachevée. Pouchkine reprend sa vie mondaine et se marie avec la belle Natalia Gontcharova trois ans plus tard. Poète, auteur dramatique, romancier, Pouchkine publie de nombreuses œuvres parmi lesquelles des nouvelles — le recueil des *Récits de feu Ivan Pétrovitch Bielkine, La Dame de pique* —, et des romans, comme *Doubrovski, La Fille du capitaine* ou *Eugène Onéguine*. En 1833, il est élu membre de l'Académie russe. Quelques années plus tard (1836), il est autorisé à créer *Le Contemporain*, qui deviendra une revue littéraire de référence. Grièvement blessé à l'occasion d'un duel au pistolet, Pouchkine meurt le 29 janvier 1837.

Les trois nouvelles qui composent ce volume sont issues des *Récits de feu Ivan Pétrovitch Bielkine*, instantanés saisissants de la vie russe à l'époque de Pouchkine, qui a d'abord publié ce recueil anonymement, afin de déjouer les pièges de la censure. Il attribue pour cela à cette œuvre un auteur fictif, un jeune noble du nom d'Ivan Pétrovitch Bielkine, dont il dresse une biographie inventée de toutes pièces, dans l'avant-propos de ce recueil, signé de ses seules initiales, A. P.

Découvrez, lisez ou relisez les livres d'Alexandre Pouchkine :

LA DAME DE PIQUE, précédé de RÉCITS DE FEU IVAN PÉTROVITCH BIELKINE et de DOUBROVSKI (Folio Classique n° 542)

POÉSIES (Poésie/Gallimard n° 280)

EUGÈNE ONÉGUINE (Folio Classique n° 2796)

Пиковая дама / LA DAME DE PIQUE (Folio Bilingue n° 54)

Дубровского / DOUBROVSKI (Folio Bilingue n° 104)

LA FILLE DU CAPITAINE (Folio n° 4299)

Арап Петра Великого / LE NÈGRE DE PIERRE LE GRAND (Folio Bilingue n° 166)

Le coup de pistolet

I

Nous allâmes sur le pré.

BARATYNSKI[1].

*Je m'étais juré de l'abattre, selon les
lois du duel qui me donnaient encore
droit à tirer.*

Un soir au bivouac[2].

Nous avions nos quartiers dans la localité de
X***. Ce qu'est la vie de garnison d'un officier,
on le sait de reste. Le matin, exercice, manège,
repas chez le commandant du régiment ou dans
une auberge juive ; le soir, punch et cartes. — À
X*** aucune maison ne nous était ouverte ; point
de jeunes filles à marier ; nous nous réunissions
les uns chez les autres, où nous ne voyions rien
que nos uniformes.

Un seul homme appartenait à notre société
sans être militaire. Il avait environ trente-cinq
ans, ce qui faisait que nous le considérions
comme un vieillard. Son expérience lui donnait
sur nous maints avantages ; de plus, sa morosité

habituelle, son caractère rude et sa mauvaise langue exerçaient une forte influence sur nos jeunes esprits. Sa vie s'enveloppait d'une sorte de mystère ; on le croyait Russe, mais il portait un nom étranger. Autrefois il avait servi dans les hussards et avec succès, disait-on ; personne ne savait la raison qui l'avait poussé à prendre sa retraite et à s'installer dans cette triste bourgade, où il vivait à la fois pauvrement et avec prodigalité ; il allait toujours à pied, vêtu d'une redingote noire usée, mais tenait table ouverte pour tous les officiers de notre régiment. À vrai dire, son dîner ne se composait que de deux ou trois plats préparés par un soldat retraité, mais le champagne y coulait à flots. Personne ne savait rien de sa fortune non plus que de ses revenus, au sujet de quoi personne n'osait s'enquérir. Il avait des livres : surtout des livres militaires, mais aussi des romans. Il les prêtait volontiers, et ne les réclamait jamais ; par contre, il ne rendait jamais les livres qu'il empruntait. Le tir au pistolet occupait le meilleur de son temps. Les murs de sa chambre, criblés de trous de balles, ressemblaient à des rayons de ruche. Une belle collection de pistolets était le seul luxe de la pauvre masure où il vivait. Il était devenu d'une adresse incroyable et, s'il s'était proposé d'abattre un fruit posé sur une casquette, aucun de nous n'eût craint d'y risquer sa tête. Nos conversations avaient souvent trait au duel : Silvio (je l'appellerai ainsi) ne s'y mêlait jamais. Lui demandait-on s'il lui était arrivé de se battre, il répondait sèchement « oui », mais n'entrait dans aucun détail et l'on voyait que de telles questions lui étaient désagréables. Nous supposions qu'il avait sur la conscience quelques malheureuses victimes de sa redoutable adresse. Loin de nous l'idée de soupçonner en lui rien qui ressemblât à de la crainte. Il y a des gens dont l'aspect seul écarte de telles pensées. Un fait inattendu nous étonna tous.

Un jour, dix de nos officiers dînaient chez Silvio. On avait bu comme d'ordinaire, c'est-à-dire énormément ; après le dîner, on pria l'hôte de tenir une banque. Il refusa d'abord, car il ne jouait presque jamais, mais finit pourtant par faire apporter des cartes, jeta sur la table une cinquantaine de pièces d'or et commença de tailler. Nous l'entourâmes, et le jeu s'engagea. Silvio, en jouant, gardait d'habitude un silence absolu ; avec lui jamais de discussions ni d'explications. S'il arrivait à un ponteur de se tromper dans ses comptes, il payait aussitôt ce qui manquait ou inscrivait l'excédent. Nous savions cela et ne l'empêchions pas d'agir à sa guise ; mais parmi nous se trouvait un officier transféré à X*** depuis peu. En jouant, il fit par distraction un paroli de trop. Silvio prit la craie et, selon son habitude, rétablit le compte. L'officier, croyant à une erreur de Silvio, se jeta dans des explications. Silvio continuait à tailler silencieusement. L'officier perdant patience saisit la brosse et effaça ce qui lui paraissait inscrit à tort. Silvio, reprenant la craie, l'inscrivit à nouveau. L'officier, échauffé par le vin, le jeu et le rire des camarades, s'estima grandement offensé, saisit sur la table un chandelier de cuivre et l'envoya furieusement contre Silvio, qui réussit tout juste à parer le coup. Nous étions tous anxieux. Silvio se leva, blême de colère, et dit avec des yeux étincelants : « Monsieur, veuillez sortir, et remerciez Dieu que ceci se soit passé dans ma maison. »

Nous ne doutions pas des suites et considérions déjà notre nouveau camarade comme mort. L'officier s'en alla, disant qu'il était prêt à répondre de l'offense comme il conviendrait à Monsieur le banquier. La partie se prolongea encore quelques minutes ; mais, sentant que notre hôte n'était plus au jeu, nous lâchâmes pied l'un après l'autre et retournâmes chez nous, en causant de cette prochaine place vacante.

Le jour suivant, au manège, nous doutions si le pauvre lieutenant était toujours en vie, quand il parut lui-même au milieu de nous. Nous l'interrogeâmes. Il répondit n'avoir eu encore aucune nouvelle de Silvio. Cela nous étonna. Nous nous rendîmes chez Silvio ; il était dans sa cour, logeant balle sur balle dans l'as collé à la porte cochère. Il nous reçut comme à l'ordinaire et ne souffla mot de ce qui s'était passé la veille. Trois jours s'écoulèrent ; le lieutenant vivait encore. Et nous nous étonnions : « Est-il possible que Silvio ne se batte pas ? »

Silvio ne se battit pas. Il se contenta d'une très légère explication.

Cela lui fit un tort extraordinaire dans l'opinion de la jeunesse. La couardise est la chose que les jeunes gens excusent le moins, car ils voient d'ordinaire dans le courage le mérite suprême et l'excuse de tous les vices. Cependant peu à peu tout fut oublié, et Silvio se ressaisit de son prestige.

Moi seul, je ne pus plus me rapprocher de lui. Ayant par nature une imagination romanesque, j'étais auparavant, plus que tout autre, attaché à cet homme dont la vie restait une énigme et qui me semblait le héros de quelque mystérieux roman.

Il m'aimait ; du moins étais-je le seul avec qui Silvio se départait de sa médisance pour parler de différentes choses avec une bonhomie et un charme extraordinaires. Mais, depuis la malheureuse soirée, je ne pouvais cesser de penser à cette tache faite à son honneur, tache qu'il négligeait volontairement de laver, et qui m'empêchait de me conduire avec lui comme autrefois ; j'avais honte de le regarder. Silvio était trop intelligent et trop fin pour ne pas s'en apercevoir et ne pas deviner les raisons de ma réserve. Il semblait s'en affecter ; du moins remarquai-je chez lui plusieurs fois le désir de s'expliquer avec moi ; mais j'évitais ces occasions, et Silvio s'éloigna de moi. Je ne le rencontrai plus qu'en présence des camarades, et c'en fut fait de nos conversations intimes.

Les habitants affairés de la capitale imaginent mal quantité d'émotions bien connues des campagnards et des gens des petites villes, par exemple l'attente du jour du courrier : le mardi et le vendredi, la chancellerie de notre régiment s'emplissait d'officiers, les uns attendaient de l'argent, les autres des lettres, d'autres encore des journaux. Les paquets, habituellement, étaient décachetés sur place, les nouvelles communiquées, et tout cela offrait un tableau des plus animés. Silvio, qui recevait des lettres à l'adresse de notre régiment, se trouvait là d'ordinaire. Un beau jour on lui remit un pli dont il fit aussitôt sauter le cachet avec des signes d'extrême impatience. En parcourant la lettre, ses yeux étincelaient. Tout occupés par leur courrier, les autres officiers n'avaient rien remarqué.

« Messieurs, s'écria Silvio, les circonstances exigent que je m'absente immédiatement ; je partirai cette nuit ; j'espère que vous ne me refuserez pas de venir dîner chez moi une dernière fois. Je compte sur vous, poursuivit-il en s'adressant à moi ; sans faute. »

Puis il sortit précipitamment, et nous nous en fûmes chacun de notre côté après être convenus de nous réunir chez Silvio.

J'arrivai chez Silvio à l'heure dite et retrouvai chez lui presque tous les officiers du régiment. Ses paquets étaient déjà faits ; rien ne restait plus que les murs nus criblés de balles. Nous nous mîmes à table ; notre hôte était particulièrement bien disposé, et bientôt la gaieté devint générale ; les bouchons sautaient à tout instant, le champagne moussait dans les coupes, et très chaleureusement nous souhaitâmes au partant heureux voyage et tout le bonheur possible.

Nous quittâmes la table fort tard. Après que chacun eut trouvé sa casquette, Silvio, ayant dit adieu à tous, me prit par le bras et me retint au moment même où je me disposais à partir.

« Il faut que je vous parle », dit-il à voix basse.

Je demeurai. Sitôt que les invités nous eurent laissés, nous nous assîmes Silvio et moi, l'un en face de l'autre et allumâmes nos pipes en silence. Silvio était préoccupé ; de sa gaieté convulsive il ne restait plus trace. Sa pâleur ténébreuse, ses yeux étincelants et l'épaisse fumée qui sortait de sa bouche lui donnaient l'aspect d'un vrai diable. Quelques minutes passèrent ; Silvio rompit enfin le silence.

« Peut-être ne nous reverrons-nous plus jamais, me dit-il. Avant la séparation j'ai voulu m'expliquer avec vous. Vous avez pu remarquer que je fais peu de cas de l'opinion d'autrui ; mais je vous aime et il me serait pénible de laisser dans votre esprit une impression fausse. »

Il s'arrêta et se mit à bourrer une nouvelle pipe. Je me taisais, baissant les yeux.

« Il a pu vous paraître étrange, continua-t-il, que je n'aie pas exigé réparation de cet ivrogne étourdi, R***. Vous conviendrez que, ayant le droit de choisir les armes, sa vie était entre mes mains, tandis que la mienne était à peine exposée ; je pourrais attribuer ma retenue à ma seule magnanimité, mais je ne veux point mentir... Si j'avais pu punir R*** sans risquer ma vie, je ne lui aurais pardonné pour rien au monde. »

Je regardai Silvio avec étonnement. Un tel aveu me confondait. Silvio continua :

« Oui, parfaitement ! Je n'ai pas le droit de m'exposer à la mort. Il y a six ans j'ai reçu un soufflet, et mon ennemi est encore vivant. »

Ma curiosité était fortement excitée.

« Vous ne vous êtes pas battu avec lui ? demandai-je. Les circonstances vous ont probablement séparés ?

— Je me suis battu avec lui, répondit Silvio, et voici ce qui en témoigne. »

Silvio se leva et sortit d'un carton un bonnet rouge galonné avec une houppe dorée (ce que les Français appellent **bonnet de police*) ; il s'en coiffa ; le bonnet était traversé d'une balle à un doigt du front.

« Vous savez que j'ai servi dans le régiment de hussards de ***, continua Silvio. Mon caractère vous est connu : je suis habitué aux premières places. Dans ma jeunesse je les briguais avec passion. De notre temps, la débauche était à la mode ; j'étais le plus grand tapageur de l'armée. Nous faisions parade de nos soûleries. Je l'emportais même sur le fameux Bourtsov[3], chanté par Denis Davydov. Les duels, dans notre régiment, étaient des plus fréquents ; à chacun d'eux je servais de témoin, lorsque je n'y prenais pas une part active. Mes camarades m'adoraient et les commandants du régiment, remplacés sans cesse, me regardaient comme un fléau nécessaire.

« Avec ou sans tranquillité je jouissais de ma gloire, jusqu'au jour où un jeune homme riche et de grande famille (je ne veux pas le nommer) fut incorporé chez nous. De ma vie je n'avais rencontré un si brillant enfant gâté de la Fortune. Imaginez la jeunesse, l'esprit, la beauté, la gaieté la plus folle, la bravoure la plus insouciante, un nom illustre, de l'argent à n'en jamais manquer et à n'en savoir jamais le compte ; vous comprendrez facilement l'effet qu'il devait produire parmi nous. Ma supériorité chancela. Attiré par ma gloire, il allait rechercher mon amitié ; je l'accueillis avec tant de froideur qu'il s'éloigna de moi sans le moindre regret.

« Je l'avais pris en haine. Ses succès au régiment et dans la société des femmes me jetaient dans le plus grand désespoir. Je me mis à lui chercher querelle ; à mes épigrammes il répondait par des épigrammes qui me paraissaient toujours plus inattendues et plus acerbes que les miennes, et qui certes étaient bien plus gaies ; il plaisantait et moi j'étais fielleux. Un jour enfin, à un bal chez un châtelain polonais, le voyant l'objet de l'attention de toutes les femmes et particulièrement de la châtelaine avec qui j'avais une liaison, je lui soufflai à l'oreille quelque plate grossièreté. Il s'emporta et me gifla. Nous nous jetâmes sur nos sabres ; les dames s'évanouirent ; on nous sépara de force, et la même nuit nous partîmes pour nous battre.

« Moi et mes témoins nous nous trouvâmes au point du jour à l'endroit désigné. Avec une impatience inexprimable j'attendais mon adversaire. Le soleil printanier se leva et mûrissait déjà. J'aperçus l'autre de loin : il s'avançait à pied, laissant traîner son manteau sur le sabre, accompagné d'un seul témoin. Nous allâmes à sa rencontre. Il tenait une casquette remplie de cerises[4]. Les témoins mesurèrent douze pas. C'était à moi de tirer ; mais le dépit m'agitait si violemment que je cessai de compter sur la sûreté de ma main, et, pour me donner le temps de me ressaisir, je lui offris de tirer le premier. Il refusa. On décida de s'en remettre au sort : le bon numéro échut à cet éternel favori de la Fortune. Il visa, et sa balle traversa ma casquette. C'était mon tour. Sa vie était enfin entre mes mains ; je le regardais avec avidité, guettant sur son visage la moindre ombre d'inquiétude. Et, tandis que je le tenais en joue, il choisissait dans sa casquette les cerises mûres en crachant vers moi les noyaux qui m'atteignaient presque. Son sang-froid me rendit furieux. "À quoi bon, pensais-je, le priver d'une vie à laquelle il attache si peu de prix ?" Une pensée perfide se glissa dans mon esprit. J'abaissai mon pistolet.

« — Mourir, en ce moment, lui dis-je, il ne vous en chaut guère ; vous déjeunez, je n'ai pas envie de vous déranger.

« — Vous ne me dérangez nullement, répliqua-t-il, veuillez tirer... Au surplus, faites comme il vous plaira ; vous gardez droit à votre coup ; je reste à vos ordres.

« Je me tournai vers les témoins, leur déclarant que, pour l'instant, je n'avais pas envie de tirer ; et le duel se termina ainsi...

« Je pris ma retraite et m'enfouis dans cette bourgade. Depuis lors, pas un jour ne s'est passé que je n'aie songé à la vengeance. Aujourd'hui mon heure est venue. »

Silvio tira de sa poche la lettre qu'il avait reçue le matin et me la donna à lire. Quelqu'un de Moscou (probablement son homme d'affaires) lui écrivait que la *personne en question* allait prochainement s'unir en légitime mariage avec une fille jeune et de grande beauté.

« Vous devinez, dit Silvio, quelle est cette *personne en question*. Je vais à Moscou. Nous verrons si, la veille de son mariage, il accepte la mort avec autant d'indifférence qu'il l'attendait naguère en mangeant des cerises. »

À ces mots, Silvio se leva, jeta à terre sa casquette et se mit à marcher de long en large dans la chambre, comme un tigre en cage.

Je l'écoutais sans bouger ; des sentiments étranges, contradictoires, m'agitaient. Le domestique entra et annonça que les chevaux étaient prêts. Silvio me serra la main fortement ; nous nous embrassâmes. Il monta dans la voiture où se trouvaient deux valises : l'une avec les pistolets, l'autre contenant ses effets. Après de nouveaux adieux, les chevaux partirent au galop.

II

Quelques années plus tard, des raisons de famille m'obligèrent à m'installer dans un pauvre petit village du district de N***. Tout en m'occupant des questions domestiques, je ne cessais de soupirer après ma vie d'autrefois, insouciante et mouvementée. Le plus difficile était de m'habituer à passer les soirées de printemps et d'hiver dans une complète solitude. Je me traînais tant bien que mal jusqu'au dîner, causant avec le staroste, visitant les champs ou faisant le tour des nouveaux établissements, mais, dès l'approche du crépuscule, je ne savais que devenir. Je connaissais par cœur le peu de livres dénichés sous les armoires ou dans les réduits. Tous les contes dont pouvait se souvenir ma ménagère Kirilovna, elle me les avait ressassés ; les chansons des paysannes me rendaient triste. Je me serais mis à boire, si l'alcool ne m'eût donné mal à la tête ; de plus, j'avais peur de devenir *ivrogne par tristesse*, c'est-à-dire un de ces *tristes* pochards comme on n'en trouve que trop dans notre district.

Autour de moi, pas de proches voisins, sinon

deux ou trois de ces ivrognes dont la conversation se composait surtout de hoquets et de soupirs. La solitude était préférable. À la fin je décidai de dîner le plus tard et de me coucher le plus tôt possible ; ainsi j'écourtai les soirées, ajoutant à la longueur du jour ; j'estimai que *bonus erat*.

À quatre verstes de chez moi s'étendait la riche propriété de la comtesse B*** qui, du reste, n'était habitée que par le régisseur ; la comtesse n'avait visité son domaine qu'une seule fois, l'année de son mariage, et encore n'y avait-elle pas séjourné plus d'un mois. Cependant, au second printemps de ma réclusion, le bruit se répandit que la comtesse et son mari viendraient passer l'été dans leur campagne. En effet, ils arrivèrent au début du mois de juin.

L'arrivée d'un riche voisin est un événement important pour les habitants des campagnes. Les propriétaires et leurs gens en parlent deux mois à l'avance et en reparlent trois ans après. Quant à moi, je l'avoue, la nouvelle de la venue d'une jeune et belle voisine me fit une grande impression ; je brûlais d'impatience de la voir, et, le premier dimanche après leur arrivée, je me rendis après dîner au village de N*** pour me recommander à Leurs Excellences comme leur plus proche voisin et leur très humble serviteur.

Un laquais m'introduisit dans le cabinet du comte et alla m'annoncer. La vaste pièce était meublée avec tout le luxe imaginable ; le long des murs, des armoires garnies de livres ; sur chaque armoire un buste de bronze ; au-dessus d'une cheminée de marbre, une large glace. Le parquet

était recouvert d'une moquette verte, elle-même
jonchée de tapis.

Depuis longtemps n'ayant plus l'occasion, dans
mon pauvre coin, de voir rien de fastueux, je me
sentais intimidé et j'attendais le comte avec l'appréhension d'un solliciteur de province qui fait
antichambre chez un ministre.

La porte s'ouvrit et laissa entrer un homme
d'une trentaine d'années, très beau. Le comte
s'approcha de moi d'un air avenant et amical ;
je me ressaisis de mon mieux et j'allais décliner
mes qualités, mais il coupa court. Nous nous
assîmes. Sa conversation libre et enjouée dis-
sipa promptement ma gêne ; je recouvrais mon
aisance lorsque tout à coup parut la comtesse
et la confusion m'envahit de plus belle. La comtesse était d'une grande beauté. Le comte me
présenta ; je voulais paraître à mon aise, mais
plus je m'efforçais de prendre un air dégagé, plus
je me sentais gauche. Pour me donner le temps
de me remettre et de me faire à cette nouvelle
connaissance, le comte et la comtesse se mirent
à parler entre eux, me traitant en bon voisin et
sans cérémonie. Cependant je me promenais de
long en large, examinant les livres et les tableaux.
Je ne suis pas connaisseur en peinture, pourtant
une toile attira mon attention. Elle représentait
un paysage suisse quelconque ; et ce n'est pas
que la peinture m'eût frappé, mais la toile appli-
quée au mur gardait trace de deux balles fichées
l'une sur l'autre.

« Un beau coup, dis-je en m'adressant au
comte.

— Certes, un coup bien remarquable. Êtes-vous bon tireur ? continua-t-il.

— Passable, répondis-je, content que la conversation touchât enfin un sujet qui me fût familier. À trente pas je ne manque pas une carte à jouer ; bien entendu avec des pistolets que je connaisse.

— Vraiment ! fit la comtesse d'un air de grande attention. Et toi, mon ami, mettrais-tu une balle dans une carte à trente pas ?

— Un jour nous essayerons, reprit le comte ; dans le temps j'étais un tireur passable. Mais voici quatre ans que je n'ai pas manié de pistolet.

— En ce cas, je gage que Votre Excellence ne percerait pas une carte à vingt pas ; le pistolet demande un exercice journalier : je le sais par expérience. Dans notre régiment je passais pour un des meilleurs tireurs. Il m'advint une fois de rester un mois sans toucher à un pistolet ; les miens étaient en réparation. Eh bien ! que pensez-vous, Excellence ? La première fois que je me remis à tirer, à vingt pas, je manquai quatre fois de suite une bouteille. Nous avions un capitaine qui aimait la plaisanterie ; il se trouvait là et me dit : "Diantre, mon ami ! tu me parais avoir un fameux respect pour les bouteilles !" Croyez-moi, Excellence, il ne faut pas négliger cet exercice, sinon on risque de perdre la main. Le meilleur tireur qu'il m'arriva de rencontrer tirait tous les jours au moins trois fois avant son dîner. C'était réglé chez lui comme son verre de vodka. »

Le comte et la comtesse étaient ravis de me voir lier conversation.

« Et que valait son tir ? demanda le comte.

— Jugez-en, Excellence : voyait-il par exemple une mouche se poser sur le mur... Vous riez, comtesse ? je vous jure que c'est vrai... Or donc, voyait-il une mouche : "Kouzka ! appelait-il alors, Kouzka ! un pistolet." Kouzka lui apportait un pistolet chargé. Boum ! et voici la mouche enfoncée dans le mur.

— C'est stupéfiant, fit le comte ; et comment s'appelait-il ?

— Silvio, Excellence.

— Silvio ! s'écria le comte en se levant brusquement. Vous avez connu Silvio ?

— Comment ne l'aurais-je pas connu, Excellence ! Nous étions amis ; il était accueilli dans notre régiment comme un vieux camarade ; mais depuis cinq ans déjà je suis sans aucune nouvelle de lui. Votre Excellence le connaissait-elle aussi ?

— Je l'ai connu ; je l'ai très bien connu. Ne vous a-t-il pas conté une très singulière aventure ?

— Ne s'agit-il pas, Excellence, d'un soufflet qu'il reçut d'un écervelé à un bal ?

— Et vous a-t-il dit le nom de cet écervelé ?

— Non, Excellence, il ne me l'a pas dit. Ah ! Votre Excellence, continuai-je, devinant la vérité, pardonnez-moi... j'ignorais... serait-ce vous ?...

— Moi-même, répondit le comte avec un air d'émotion extrême ; et vous voyez sur ce tableau la marque de notre dernière rencontre.

— Ah ! mon cher ! dit la comtesse, pour l'amour de Dieu, ne continue pas, c'est trop affreux.

— Non, répliqua le comte, je vais tout raconter ; il sait comment j'avais offensé son ami, qu'il apprenne aussi comment Silvio se vengea. »

Le comte m'offrit un fauteuil et j'entendis avec la plus vive curiosité le récit suivant :

« Il y a cinq ans, je me suis marié. J'ai passé ici, dans cette campagne, le premier mois, *the honey moon*. Cette maison où se sont écoulés les meilleurs instants de ma vie me rappelle aussi de très pénibles souvenirs.

« Un soir que nous sortions ensemble à cheval, celui de ma femme se cabra ; elle prit peur, me remit la bride et rentra à pied à la maison. Je l'avais devancée. Dans la cour j'aperçus une voiture ; on me dit qu'un homme m'attendait dans ma bibliothèque ; il n'avait pas voulu se nommer, mais simplement dit qu'il avait affaire avec moi. J'entrai dans cette pièce-ci et vis dans l'obscurité un homme, couvert de poussière, à la barbe inculte ; il se tenait debout ici, près de la cheminée. Je m'approchai, cherchant à reconnaître ses traits.

« — Tu ne me remets pas, comte ? dit-il d'une voix tremblante.

« — Silvio ! m'écriai-je, et j'avoue que je sentis les cheveux se dresser sur ma tête.

« — À tes ordres, reprit-il. C'est à mon tour de tirer ; je suis venu pour décharger mon pistolet ; es-tu prêt ?

« Un pistolet sortait de sa poche de côté. Je mesurai douze pas et me mis là, dans le coin, le priant de tirer au plus vite, avant que ma femme ne revînt.

« Mais il prit son temps et réclama de la

lumière. On apporta des bougies. Je fermai la
porte à clef, défendant l'entrée à qui que ce fût
et de nouveau je le priai de tirer. Il sortit son
pistolet et visa... Je comptais les secondes... je
pensais à elle... une horrible minute passa ! Silvio abaissa le bras.

« — Je regrette, dit-il, que mon pistolet ne soit
pas chargé avec des noyaux de cerises... le plomb
est lourd... Ça n'a plus l'air d'un duel, mais bien
d'un assassinat ; je n'ai pas accoutumé de mettre
en joue un homme sans armes. Recommençons
et que le sort décide qui de nous tirera le premier.

« La tête me tournait... Je crois que je ne
consentais pas... Enfin nous chargeons un
second pistolet ; nous roulons deux billets ; il les
met dans la casquette, autrefois traversée par ma
balle ; je sors de nouveau le numéro un.

« — Tu as une chance diabolique, comte, dit-il
avec un sourire que je n'oublierai jamais.

« Je ne comprends pas ce qui se passa en moi,
ni comment il put m'y forcer... Mais je tirai et
je crevai ce tableau (le comte désigna du doigt
le tableau percé de balles ; son visage était en
feu ; la comtesse était plus blanche que son mou-
choir ; je ne pus retenir une exclamation).

« Je tirai, continua le comte, et, Dieu merci, je
le manquai ; alors Silvio... (en ce moment il était
vraiment effrayant) Silvio se mit à me viser. Soudain la porte s'ouvre. Macha entre en courant et
avec un cri aigu se jette à mon cou. Sa présence
me rendit tout mon courage.

« — Chère, lui dis-je, ne vois-tu donc pas que

nous plaisantons ? Comme tu t'effrayes ! Va boire un verre d'eau et reviens. Je te présenterai un vieil ami et camarade.

« Macha ne me croyait toujours pas.

« — Mon mari dit-il la vérité ? demanda-t-elle, en s'adressant au terrible Silvio. Est-ce vrai que vous plaisantez tous les deux ?

« — Il plaisante toujours, comtesse, lui répondit Silvio : une fois il me gifla en plaisantant ; en plaisantant il traversa d'une balle cette casquette que voici ; en plaisantant il vient de me manquer ; maintenant c'est à mon tour de plaisanter…

« À ces mots il voulut me mettre en joue devant elle. Macha se jeta à ses pieds.

« — Relève-toi, Macha, c'est une honte ! m'écriai-je avec fureur. Quant à vous, monsieur, cesserez-vous de railler une pauvre femme ? Oui ou non, voulez-vous tirer ?

« — Je ne tirerai pas, répondit Silvio, je suis satisfait : j'ai vu ton trouble, ta frayeur ; je t'ai forcé de tirer sur moi. Nous sommes quittes. Tu te souviendras de moi. Je te livre à ta conscience.

« Il allait sortir, mais s'arrêta à la porte, se retourna vers le tableau que j'avais troué, tira presque sans viser et disparut.

« Ma femme était évanouie ; mes gens n'osaient arrêter Silvio et le regardaient avec terreur. Il sortit sur le perron, héla le postillon et partit avant que j'eusse le temps de recouvrer mes esprits. »

Le comte se tut. Voici comment j'appris la fin de l'histoire dont le début m'avait tellement frappé jadis.

Je n'ai plus jamais rencontré notre héros. On dit que, lors de la révolte d'Alexandre Ypsilanti, Silvio commandait un détachement des hétéristes et qu'il fut tué dans la bataille de Sculani[5].

Le marchand de cercueils

Chaque jour apporte ses cercueils,
Ses rides au monde vieillissant.

DIERJAVINE[1].

Pour la quatrième fois, deux haridelles attelées au corbillard sur lequel Adrien Prokhorov venait d'entasser les restes de ses frusques firent le chemin de la Basmannaïa à la Nikitskaïa, où le marchand de cercueils emménageait. Adrien ferma son ancienne boutique, cloua sur la porte une pancarte : *À vendre ou à louer*, puis suivit à pied.

En approchant de la petite maison jaune que depuis longtemps il guignait et qu'il venait enfin d'acquérir pour une somme rondelette, le vieux marchand s'étonna de ne se sentir pas plus de joie dans le cœur.

Sur le seuil de sa nouvelle demeure où tout était sens dessus dessous, il se prit à regretter l'ancien taudis, où, dix-huit ans durant, il avait fait régner un ordre parfait. Il tança la lenteur de ses deux filles et de la servante, puis se mit à les aider. Bientôt tout fut en place : l'armoire avec les icônes, le buffet avec la vaisselle, la table, le divan et le lit, dans la chambre du fond ; les productions du maître : cercueils de toutes couleurs et de toutes dimensions, ainsi que les bahuts contenant les flambeaux, les chapeaux et les manteaux de deuil, prirent place dans la cuisine et dans le salon. Au-dessus de la porte cochère fut hissée l'enseigne ; elle présentait un Amour dodu tenant en main un flambeau renversé, et l'inscription : *Ici l'on vend et l'on garnit les cercueils naturels ou peints. On loue et on répare les cercueils usagés.*

Les jeunes filles se retirèrent dans leur chambrette ; Adrien fit le tour de sa demeure, s'assit près de la fenêtre et commanda le samovar.

Tout lecteur éclairé sait que Shakespeare et Walter Scott présentent les fossoyeurs comme des gens hilares et facétieux[2], afin de frapper notre imagination par ce contraste. Le respect de la vérité nous retient de suivre leur exemple et nous force d'avouer que le caractère de notre marchand de cercueils répondait parfaitement à sa macabre profession. Adrien Prokhorov était le plus souvent sombre et pensif. Il ne rompait le silence que pour admonester ses filles lorsqu'il les surprenait musardant à la fenêtre et regardant passer les gens, ou pour surfaire le prix de ses cercueils devant ceux qui se désolaient (ou parfois se réjouissaient) d'en avoir besoin.

Or donc, assis à la fenêtre et buvant sa septième tasse de thé, Adrien, selon son habitude, ruminait de tristes réflexions. Il se remémorait cette averse qui, huit jours plus tôt, près de la barrière de la ville, avait accueilli le cortège funèbre d'un brigadier retraité. Que de manteaux s'en étaient trouvés rétrécis ! que de chapeaux déformés ! Voici qui l'entraînerait à d'inévitables dépenses ; car sa vieille réserve de vêtements funéraires était dans un état lamentable. Il comptait bien, il est vrai, se rattraper avec Trioukhina, cette vieille marchande qui, depuis bientôt un an, n'en finissait pas de mourir. Mais c'est à Razgouliaï[3] que Trioukhina trépassait et Prokhorov craignait que les héritiers, malgré leur promesse et plutôt que de venir de si loin le chercher, ne traitassent avec un entrepreneur du quartier.

Trois coups frappés à la porte interrompirent soudain ces réflexions.

« Qui est là ? » demanda Prokhorov.

La porte s'ouvrit. Un homme qu'on pouvait, du premier coup d'œil, reconnaître pour un artisan allemand, entra dans la chambre, s'approcha du marchand de cercueils et, d'un air joyeux :

« Excusez-moi, aimable voisin, dit-il avec cet accent allemand qui nous fera toujours rire, — excusez-moi de vous déranger. J'étais impatient de vous connaître. Je suis cordonnier. Je m'appelle Gottlieb Schultz et j'habite, de l'autre côté de la rue, cette petite maison juste en face de vos fenêtres. Je fête demain mes noces d'argent et vous convie à venir dîner chez moi, avec vos filles, sans cérémonie. »

L'invitation fut acceptée de bonne grâce. Le marchand de cercueils pria le cordonnier de s'asseoir et lui offrit une tasse de thé. La nature ouverte de Gottlieb Schultz permit vite à la conversation de devenir très cordiale.

« Et comment vont les affaires de votre seigneurie ? demanda Adrien.

— Eh ! Eh ! couci-couça, répondit Schultz. Je n'ai du reste pas à me plaindre ; encore que ma marchandise diffère en ceci de la vôtre : qu'un vivant peut bien se passer de bottes, mais qu'un mort ne peut pas vivre sans cercueil !

— Ça, c'est vrai ! dit Adrien. Un vivant qui n'a pas de quoi se payer des bottes peut bien, ne vous déplaise, aller pieds nus ; mais le plus gueux des morts aura son cercueil, qu'il le paie ou non. »

Ainsi leur entretien se prolongea quelque temps encore. Puis enfin le cordonnier se leva et prit congé d'Adrien en renouvelant son invitation.

Le lendemain, à midi sonnant, Prokhorov, avec ses filles, sortit de sa nouvelle maison par la porte de la cour, et tous trois s'en furent chez leur voisin.

Dérogeant à l'habitude de nos romanciers d'aujourd'hui, je ne décrirai ni le caftan russe d'Adrien Prokhorov, ni les toilettes européennes d'Akoulina et de Dounia. J'estime néanmoins qu'il n'est pas superflu de noter que les deux jeunes filles s'étaient coiffées de chapeaux jaunes et avaient chaussé des souliers rouges, ce qui ne leur arrivait que dans des circonstances solennelles.

Le logement exigu du cordonnier était rempli de convives : pour la plupart des artisans allemands accompagnés de leurs femmes et de leurs aides. En fait de fonctionnaires russes, il n'y avait là qu'un sergent de ville[4], le Finnois

Yourko, qui, malgré sa modeste condition, avait su gagner la bienveillance particulière de notre hôte. Depuis vingt-cinq ans il remplissait ses fonctions « fidèlement et loyalement », tel le postillon de Pogorielski[5]. L'incendie de l'an douze, en détruisant Moscou, anéantit du même coup sa guérite jaune. Mais, aussitôt après l'expulsion de l'ennemi, surgit à la même place une nouvelle guérite ; celle-ci grise, avec des colonnes doriques blanches. Et Yourko reprit sa faction devant elle, avec « la hache et la cuirasse de drap gris[6] ».

Presque tous les Allemands domiciliés près de la porte Nikitskaïa connaissaient Yourko ; et même il arrivait à certains d'entre eux de passer chez lui[7] la nuit du dimanche au lundi.

Adrien s'empressa de lier connaissance avec cet homme dont, tôt ou tard, on pouvait avoir besoin, et, lorsque les invités se mirent à table, il s'assit à côté de lui. M. et Mme Schultz et leur fille Lottchen, demoiselle de dix-sept ans, tout en dînant avec leurs invités et faisant les honneurs de la table, aidaient la cuisinière à servir. La bière coulait à flots. Yourko mangeait comme quatre. Adrien lui tenait tête. Ses filles faisaient les fines bouches. D'heure en heure la conversation devenait plus bruyante. Soudain l'hôte fit faire silence et, débouchant une bouteille cachetée, cria en russe : « À la santé de ma bonne Louise ! » Le vin mousseux pétilla. Le cordonnier posa tendrement ses lèvres sur le frais visage de sa compagne quadragénaire, et les convives, bruyamment, vidèrent leur verre à la santé de la bonne Louise. « À la santé de

mes aimables invités ! » s'écria l'hôte en débouchant une deuxième bouteille ; et les invités de
remercier et de trinquer de nouveau. Les toasts
se succédèrent : on but à la santé particulière de
chacun ; on but à la santé de Moscou ; puis de
toute une douzaine de petites villes allemandes ;
on but à la santé de tous les corps de métier en
général, puis à celle de chaque corps en particu-
lier ; on but à la santé des maîtres, puis à celle
des contremaîtres. Adrien buvait ferme. Il devint
si gai qu'à son tour il risqua un toast badin. Puis
un gros boulanger leva son verre et proclama :
« À la santé de ceux pour qui nous travaillons :
unserer Kundleute ! » La proposition, comme
toutes les autres, fut acceptée joyeusement et à
l'unanimité. Les convives commencèrent ensuite
à se saluer les uns les autres. Le tailleur salua
le cordonnier ; le cordonnier salua le tailleur ;
le boulanger les salua tous deux ; tout le monde
salua le boulanger, et ainsi de suite. Après toutes
ces salutations réciproques, Yourko, tourné vers
son voisin, s'écria : « Allons ! petit père ; bois à la
santé de tes macchabées ! » Tout le monde se mit
à rire ; le marchand de cercueils, atteint dans sa
dignité, se renfrogna. Personne n'y fit attention.
Les convives continuèrent à boire. L'on sonnait
les vêpres lorsqu'ils se levèrent de table.

La plupart étaient fort éméchés. Le gros boulanger et le relieur, dont le visage « ressemblait à
une reliure de maroquin rouge[8] », prirent Yourko
sous les bras et le ramenèrent jusqu'à sa guérite,
interprétant à leur manière le proverbe : « Retour
d'argent, joie de prêteur. » Le marchand de cer-

cueils rentra chez lui ivre et furieux. « Eh ! quoi !
ratiocinait-il à voix haute, mon métier serait-il
moins honorable que les autres ? Marchand de
cercueils n'est pourtant pas frère de bourreau.
Me prennent-ils pour un histrion, ces impies ? Il
n'y avait vraiment pas là de quoi rire. Je proje-
tais de les inviter à pendre la crémaillère et de
les régaler en Balthazar. À d'autres ! Je n'en ferai
rien. Ceux que j'inviterai, c'est mes clients, morts
orthodoxes !

— Voyons, petit père ! lui dit la servante en le
déchaussant ; qu'est-ce que tu radotes ? Fais vite
le signe de la croix. Inviter les morts à pendre la
crémaillère ! Quelle horreur !

— Par Dieu ! je jure que je les invite, reprenait
Adrien ; et pas plus tard que pour demain. Soyez
les bienvenus, chers nourriciers ; ici, demain
soir, je vous régale à la fortune du pot. »

Sur ces mots, le marchand de cercueils gagna
son lit, où bientôt il ronfla.

On vint le réveiller avant l'aube. La marchande
Trioukhina était décédée dans la nuit. Son commis avait dépêché quelqu'un à cheval pour en avi-
ser Adrien. Le marchand de cercueils lui donna
dix kopecks de pourboire, s'habilla en hâte, prit
une voiture et s'en fut à Razgouliaï. Devant la
porte de la défunte étaient déjà postés des ser-
gents de ville, et les commerçants s'attroupaient
comme des corbeaux attirés par le cadavre. Éten-
due sur une table[9], la défunte, jaune comme la
cire, n'était pas encore atteinte par la décompo-
sition. Parents, voisins et domestiques se pres-
saient autour d'elle. Toutes les fenêtres étaient

ouvertes. Les cierges brûlaient. Les prêtres
lisaient des prières. Adrien s'approcha du neveu
de Trioukhina, jeune marchand vêtu d'une élégante redingote, et le prévint que le cercueil, les
cierges, le drap mortuaire et les autres attributs
funèbres lui seraient livrés sans retard et en parfait état. L'héritier remercia distraitement. Il ne
discuterait pas sur le prix, s'en remettant à l'hon-
nêteté de Prokhorov. Le marchand de cercueils,
selon son habitude, jura de s'en tenir aux prix les
plus justes, échangea un regard d'entente avec le
commis et partit faire les démarches nécessaires.
Il passa tout le jour à courir entre Razgouliaï et
la porte Nikitskaïa. Vers le soir tout était prêt.
Prokhorov congédia son cocher et rentra chez
lui à pied. Il faisait clair de lune. Le marchand
de cercueils atteignit allégrement la porte Nikitskaïa. Près de l'église de l'Ascension, il s'entendit
héler par le sergent Yourko, qui, l'ayant reconnu,
lui souhaita bonne nuit. Il était tard. Le marchand de cercueils approchait déjà de sa maison lorsqu'il lui sembla soudain voir quelqu'un
devant sa porte, l'ouvrir, puis disparaître à l'intérieur.

« Qu'est-ce que cela signifie ? pensa Prokhorov. Quelqu'un aurait-il encore besoin de moi ?
Eh ! ne serait-ce pas un voleur ? Ou peut-être
mes sottes de filles recevraient-elles des amants ?
C'est bien possible ! »

Et déjà Prokhorov allait appeler l'ami Yourko à
la rescousse ; mais à cet instant quelqu'un d'autre
encore s'approcha, qui, sur le point de passer la
porte, voyant le maître du logis accourir, s'arrêta

et souleva son tricorne. Adrien crut reconnaître ce visage, mais, sans prendre le soin de le bien examiner :

« Vous venez chez moi ? dit-il tout essoufflé. Prenez la peine d'entrer, je vous en prie.

— Ne fais donc pas de cérémonies, mon petit père, riposta l'autre d'une voix sourde. Passe devant. Montre le chemin à tes hôtes. »

Des cérémonies, Adrien n'avait guère le temps d'en faire. La porte était ouverte ; il monta l'escalier ; l'autre le suivit. Adrien crut entendre des bruits de pas dans l'appartement.

« Que diable est-ce là ? » pensa-t-il en se hâtant d'entrer… Ses jambes se dérobèrent sous lui. La chambre était pleine de morts. La lune, à travers les fenêtres, éclairait leurs faces jaunes et bleues, leurs bouches ravalées, leurs yeux troubles et mi-clos, leurs nez camards… Adrien reconnut avec terreur tous ceux qu'il avait mis en bière, et, dans le dernier venu, le brigadier enseveli pendant l'averse.

Tous, dames et messieurs, entourèrent le marchand de cercueils, le saluant et le complimentant ; tous, sauf un pauvre diable qui n'avait rien payé pour son enterrement et qui, gêné, honteux de ses haillons, restait humblement à l'écart, dans un coin. Les autres étaient très convenablement vêtus : les défuntes en bonnets et rubans ; les défunts gradés en uniforme, mais avec des barbes négligées ; les marchands en caftans de fête.

« À ton invitation, Prokhorov, dit le brigadier au nom de toute l'honorable compagnie, nous

nous sommes tous levés ; ne sont restés chez eux
que ceux qui sont à bout, que ceux à qui il ne
reste plus que les os sous la peau ; mais encore y
en a-t-il un de ceux-là qui n'a pu résister à l'envie
de venir. »

Au même instant, un petit squelette se glissa à
travers la foule et s'approcha d'Adrien. Son crâne
souriait affectueusement au marchand de cercueils. Des lambeaux de drap vert clair et rouge
et des loques de toile pendaient sur lui comme
sur une perche, et ses tibias, dans ses grosses
bottes, ballottaient comme le pilon dans le mor-
tier.

« Tu ne me reconnais pas, Prokhorov ? dit
le squelette. Tu ne te souviens pas du sergent
retraité, Piotr Pétrovitch Kourilkine à qui, en
1799, tu vendis ton premier cercueil ? Et c'était
du sapin pour du chêne ! »

À ces mots le squelette ouvrit les bras. Adrien
jeta un cri, et, dans un grand effort, le repoussa.
Piotr Pétrovitch chancela et tomba en miettes.
Un murmure d'indignation s'éleva parmi les
morts. Tous se mirent à défendre l'honneur de
leur camarade et assaillirent Adrien avec impré-
cations et menaces. Le pauvre hôte, assourdi par
leurs cris et à demi étouffé, perdit contenance et,
s'écroulant sur les débris du sergent, s'évanouit.

Le soleil éclairait depuis longtemps déjà le lit
où reposait le marchand de cercueils. Il ouvrit
enfin les yeux et vit devant lui la servante qui préparait le samovar. Il se souvint avec horreur de
tous les événements de la veille : la Trioukhina,

le brigadier et le sergent Kourilkine surgirent confusément dans sa mémoire. Il attendit en silence que la servante lui racontât la fin de ses aventures nocturnes.

« Eh bien ! on peut dire que tu as dormi, mon petit père ! dit Axinia en lui passant sa robe de chambre. Notre voisin le tailleur est déjà venu te voir, et puis le sergent de ville du quartier est passé pour t'avertir que c'est aujourd'hui la fête du commissaire ; mais tu reposais si bien que nous ne voulions pas te réveiller.

— Est-on venu ici de la part de la défunte Trioukhina ?

— La défunte ? Elle est donc morte ?

— Mais, sotte que tu es, ne m'as-tu pas aidé toi-même, hier, à préparer son enterrement ?

— Que dis-tu là, petit père ? Aurais-tu perdu la raison ? ou pas encore fini de cuver ton vin d'hier soir ? De quel enterrement parles-tu ? Tu as fait la noce tout le jour d'hier chez l'Allemand ; tu es rentré ivre ; tu t'es jeté sur ton lit et tu as dormi jusqu'à maintenant, passé l'heure de la messe.

— Pas possible ! fit le marchand de cercueils tout réjoui.

— Pour sûr que c'est comme ça, dit la servante.

— Eh bien, si c'est pour sûr, apporte vite le thé et va chercher mes filles. »

La demoiselle-paysanne

Belle toujours, ma petite âme,
Sous quelque robe que ce soit.

Le domaine d'Ivan Pétrovitch Bérestov était situé dans une de nos provinces reculées. Durant sa jeunesse, Bérestov avait servi dans la Garde ; il prit sa retraite au commencement de l'année 1797[2] ; c'est alors qu'il regagna ses terres pour ne plus les quitter. Sa femme, une demoiselle noble et sans fortune, mourut en couches tandis qu'il parcourait les champs. Les occupations domestiques eurent vite fait de le consoler. Il fit bâtir une maison d'après ses propres plans ; fit construire une fabrique de draps ; organisa ses revenus, et se considéra dès lors comme l'homme le plus intelligent de la contrée. Les voisins qu'il recevait avec famille et chiens l'enfonçaient dans cette opinion. En semaine il portait une blouse de velours ; les jours de fête il revêtait une redingote dont le drap venait de sa fabrique. Il tenait lui-même ses comptes et, en dehors de la *Gazette du*

Sénat, ne lisait rien. Bérestov était généralement aimé, bien qu'on le tînt pour orgueilleux. Seul Grigori Ivanovitch Mouromski, son plus proche voisin, ne s'entendait pas avec lui. Mouromski était un véritable barine : devenu veuf après avoir dilapidé à Moscou la majeure partie de ses biens, il était venu habiter le dernier domaine qu'il possédât encore. Ses extravagances furent dès lors d'un nouveau genre : un jardin anglais engloutit presque tous ses revenus. Ses palefreniers furent accoutrés en jockeys anglais. Sa fille eut une gouvernante anglaise, et c'est d'après la méthode anglaise que ses champs furent cultivés. « Mais le blé russe ne pousse pas à l'anglaise[3] », et en dépit de la considérable diminution de frais, les revenus de Grigori Ivanovitch n'augmentaient guère. Bien qu'à la campagne, il trouvait encore moyen de s'endetter. Au demeurant il passait pour un homme d'esprit, car de tous les propriétaires de sa province, il fut le premier qui s'avisa d'hypothéquer son domaine au Conseil de Tutelle[4], opération qui, en ce temps-là, paraissait extrêmement audacieuse et compliquée.

De tous ceux qui le critiquaient, Bérestov se montrait le plus sévère. La haine de toute innovation était le trait saillant de son caractère. L'anglomanie de son voisin le mettait hors de lui et lui donnait sans cesse prétexte à critique. Lorsque Bérestov faisait les honneurs de son domaine, s'il arrivait que l'hôte en louât la bonne tenue : « Parbleu ! s'écriait-il avec un rusé sourire, ici ça n'est pas comme chez le voisin Mouromski. Nous ne tenons pas à nous ruiner à l'anglaise ;

la mode russe nous suffit, si nous mangeons à notre faim. » De zélés voisins s'empressaient de rapporter à Grigori Ivanovitch ces propos et d'autres de ce genre, augmentés de surcharges et de commentaires. L'anglomane supportait la critique avec autant d'impatience qu'un chroniqueur littéraire. Il devenait furieux et traitait son Zoïle d'« ours » et de « provincial ».

Les rapports de ces deux propriétaires en étaient là, lorsque débarqua dans le village de son père le fils de Bérestov. Il sortait de l'université de ***. Son intention était d'embrasser la carrière militaire, malgré l'opposition de son père. Aucun des deux ne voulait céder. Le jeune homme ne se sentait aucune disposition pour la bureaucratie. En attendant, Alexeï menait la vie de grand seigneur et laissait pousser sa moustache, à tout hasard[5].

Alexeï était, reconnaissons-le, un beau garçon. Sa svelte taille méritait assurément d'être sanglée dans l'uniforme militaire. On l'imaginait plus volontiers paradant à cheval que courbé sur la paperasse d'une chancellerie. En le voyant à la chasse, galoper toujours de l'avant, insoucieux des chemins, les voisins s'accordaient pour déclarer qu'un tel barine n'eût fait qu'un piètre fonctionnaire. Les jeunes filles n'en finissaient pas de le contempler. Alexeï ne s'en souciait guère ; aussi prétendaient-elles que son cœur était déjà pris. Et, pour preuve, ne se passait-on pas de main en main la copie de l'adresse d'une de ses lettres : « À Akoulina Pétrovna Kourotchkina, à Moscou, chez le chaudronnier Savéliev (face au couvent de Saint-Alexis), avec la respectueuse prière de transmettre cette lettre à A. N. R. »

Ceux de mes lecteurs qui n'ont jamais vécu à la campagne ne peuvent imaginer le charme des jeunes filles de province ! Élevées au grand air à l'ombre des pommiers de leurs jardins, elles ne connaissent le monde et la vie que par les livres. La solitude, la liberté et la lecture développent promptement en elles des sentiments et des passions qu'ignorent nos beautés frivoles. Un son de clochette devient pour elles une aventure ; un voyage dans la ville voisine fait époque dans leur vie ; le passage d'un hôte laisse un souvenir durable et parfois éternel. Libre à chacun de trouver ridicules certaines de leurs bizarreries : les plaisanteries d'un observateur superficiel restent sans prise devant des qualités réelles dont la principale est sans doute la particularité de caractère, cette *individualité* sans laquelle, d'après Jean-Paul, il n'y a pas de véritable grandeur humaine. Il se peut que, dans les capitales, les femmes reçoivent une éducation meilleure ; mais l'habitude du monde a vite fait de niveler les caractères et de rendre les âmes aussi conventionnelles que les coiffures. Ceci soit dit, non en manière de jugement ou de critique, mais ainsi que l'écrit un ancien commentateur : *Nota nostra manet*.

On imagine facilement quelle impression devait produire Alexeï dans le cercle de ces demoiselles. Pour la première fois apparaissait devant elles un jeune homme sombre et désenchanté ; pour la première fois elles entendaient parler de joies perdues et de jeunesse flétrie ; de plus, Alexeï portait une bague noire figurant une tête de mort. Tout cela surprenait beaucoup dans cette province. Les jeunes filles devinrent folles de lui.

Mais, plus que toutes les autres, s'intéressait à lui la fille de notre anglomane. Leurs pères ne se fréquentaient pas. Lisa (ou Betsy, comme l'appelait ordinairement Grigori Ivanovitch) n'avait encore jamais vu Alexeï, alors que déjà toutes les jeunes voisines ne cessaient de parler de lui. Elle avait dix-sept ans. Ses yeux noirs animaient un charmant visage bronzé. Enfant unique, elle était gâtée. Sa vivacité, ses fréquentes espiègleries enchantaient son père et désespéraient sa gouvernante, miss Jackson, demoiselle de quarante ans, pleine de morgue, au visage peint, aux yeux fardés, qui relisait *Paméla*[6] tous les six mois, recevait pour cela deux mille roubles par an et se mourait d'ennui *dans cette barbare Russie*.

Nastia, la femme de chambre de Lisa, était un peu plus âgée que sa maîtresse, mais tout aussi écervelée. Lisa l'aimait beaucoup, lui confiait tous ses secrets et ne complotait rien sans elle. Bref, Nastia, dans le village de Priloutchino, jouait un rôle bien plus important que celui de n'importe quelle confidente de tragédie française.

« Me permettez-vous de sortir aujourd'hui ? dit Nastia tout en habillant sa maîtresse.

— Soit. Mais pour aller où ?

— À Touguilovo, chez les Bérestov. C'est la fête de la femme du cuisinier, et elle est venue hier pour nous inviter à dîner.

— Eh quoi ! dit Lisa, les maîtres se boudent et leurs gens vont trinquer ensemble !

— Ce que font les maîtres, est-ce que ça nous regarde ? répliqua Nastia ; et d'ailleurs, c'est à vous que j'appartiens et pas à votre papa. Vous n'êtes pas brouillée, que je sache, avec le jeune Bérestov. Laissons les vieux se chamailler si ça les amuse.

— Tu tâcheras, Nastia, de voir Alexeï Bérestov ; tu me raconteras tout en détail : et s'il est bien fait de sa personne et quel genre d'homme c'est. »

Nastia promit de faire de son mieux. Et Lisa, tout le long du jour, attendit son retour avec impatience.

« Eh bien ! Lisavéta Grigorievna, dit Nastia en rentrant le soir dans la chambre de sa maîtresse, j'ai vu le jeune Bérestov et j'ai eu bien le temps de le regarder, car nous avons passé toute la journée ensemble.

— Comment cela ? Allons ! raconte-moi tout depuis le commencement.

— Eh bien ! voilà, mademoiselle : nous sommes donc allées, moi, Anissia Yègorovna, Nénila, Dounka...

— Bien, bien ; je sais cela. Et ensuite ?

— Permettez, mademoiselle : je raconte tout depuis le commencement. Nous sommes donc arrivées juste à l'heure du dîner. La pièce était pleine de monde. Il y avait celles de Kolbino, celles de Zakharievo, la femme de l'intendant avec ses filles, celles de Khloupino...

— Et Bérestov ?

— Attendez un peu, mademoiselle. Nous voici donc à table, la femme de l'intendant à la place d'honneur, moi à côté d'elle... même que ses filles firent la tête ; mais moi je crache sur elles[7].

— Ah ! Nastia, que tu es agaçante avec tes continuels détails.

— Comme vous êtes impatiente ! Alors voilà : nous sortons de table... et on y est bien resté près de trois heures ; et c'était un fameux dîner ! Pour dessert, du blanc-manger, bleu, rouge, panaché... Donc en sortant de table nous sommes allés jouer à colin-maillard dans le jardin et c'est alors que le jeune barine...

— Eh bien ! c'est vrai qu'il est si beau ?

— Extraordinairement beau ! Un bel homme, on peut le dire. Élancé, grand, les joues roses...

— Tiens ! Et moi qui croyais qu'il était pâle. Alors comment t'a-t-il paru ? Triste ? songeur ?

— Y pensez-vous ! De ma vie je n'ai vu pareil enragé. Il s'est mis à courir avec nous...

— Courir avec vous ! Ce n'est pas possible !

— C'est très possible. Et que n'a-t-il pas inventé ? Aussitôt qu'il en attrape une, il l'embrasse.

— Raconte ce que tu veux, Nastia, mais tu mens !

— Croyez ce que vous voulez, mais je ne mens pas ! Même que j'ai eu du mal à me débarrasser de lui. Et il s'est amusé comme ça avec nous toute la journée.

— Alors, pourquoi dit-on qu'il est amoureux et ne fait attention à personne ?

— Ça, je n'en sais rien, mademoiselle. Tout ce

que je peux dire c'est qu'il a bien fait attention à
moi ; et à Tania ; et à la fille de l'intendant aussi ;
et à Pacha de Kolbino encore ; ce serait péché de
dire qu'il en a oublié une, le polisson !

— C'est curieux !... Et qu'est-ce que ses gens
disent de lui ?

— On dit qu'il est un excellent barine ; et si
bon, et si gai ! On ne lui reproche qu'une chose :
de trop courir après les servantes. Mais à mon
sens, ce n'est pas un défaut. Il se calmera avec
l'âge.

— Ah ! que je voudrais le voir, dit Lisa en sou-
pirant.

— Qu'est-ce qui vous en empêche ? Touguilovo
n'est pas loin de chez nous : trois verstes en tout ;
allez vous promener de ce côté-là, à pied ou à
cheval, et vous êtes sûre de le rencontrer. Tous
les jours, de bon matin, il part à la chasse avec
son fusil.

— Y penses-tu ! Il irait croire que je cours après
lui. Du reste, avec la brouille de nos parents,
comment ferais-je sa connaissance ? Ah ! Nastia,
sais-tu quoi ?... Si je m'habillais en paysanne...

— Ça, c'est une idée ! Mettez une chemise de
grosse toile, un sarafane[8], et allez sans crainte
à Touguilovo. Je vous réponds que Bérestov ne
vous manquera pas.

— Et je parle très bien le patois d'ici ! Ah ! Nastia, ma chère Nastia, quelle excellente idée ! »

Lisa se coucha bien résolue à mettre à exécution son plaisant projet. Le lendemain matin, elle
envoya chercher au marché de la grosse toile, du
nankin bleu, et des boutons de cuivre. Aidée de

Nastia, elle se tailla une chemisette et un sarafane ; toutes les servantes se mirent à la couture,
et le soir même tout fut prêt. Lisa essaya son nouveau costume et dut reconnaître devant le miroir
que jamais encore elle ne s'était trouvée si jolie.
Elle entra dans son rôle : saluant très bas tout
en marchant ; hochant la tête de gauche et de
droite, à la manière des magots chinois ; parlant
patois ; elle riait en se cachant le visage avec sa
manche... Bref, elle mérita la pleine approbation
de Nastia. Une seule chose la gênait : lorsqu'elle
avait essayé de marcher pieds nus dans la cour,
elle n'avait pu supporter ni les herbes piquantes,
ni les affreux cailloux. Mais, là encore, Nastia lui
vint en aide : ayant pris la mesure du pied de
Lisa, elle partit à la recherche de Trophime le
berger, à qui elle commanda une paire de *lapti*[9].

Le lendemain, Lisa se réveilla avant l'aube.
Toute la maison dormait encore. Nastia, devant
la porte cochère, guettait le berger. On entendit
son chalumeau et le troupeau du village défila
devant la maison seigneuriale. Trophime, en
passant, remit à Nastia une paire de petits *lapti*
bigarrés et reçut cinquante kopecks. Lisa, sans
bruit, s'habilla en paysanne ; à voix basse, elle
donna à Nastia des instructions concernant miss
Jackson, puis sortit par les communs et, traver-
sant le potager, gagna les champs.

L'aurore brillait à l'orient ; des nuages en rangs
dorés semblaient attendre le soleil, comme les
courtisans attendent le souverain ; le ciel pur, la
fraîcheur matinale, la rosée, la brise et les chants
d'oiseaux remplissaient le cœur de Lisa d'une

félicité enfantine. Dans la crainte de rencontrer quelqu'un de connaissance, elle marchait si vite qu'elle semblait voler. En approchant du bosquet où finissaient les terres de son père, Lisa ralentit le pas. C'est ici qu'elle attendrait Alexeï. Pourquoi son cœur battait-il si fort ? Mais l'appréhension qui accompagne les espiègleries de jeunesse n'en fait-elle pas le principal attrait ?

Lisa pénétra dans la pénombre du bosquet. Elle se sentit tout enveloppée d'une mystérieuse rumeur. Sa gaieté s'apaisa. Peu à peu elle s'abandonna à une douce rêverie. Elle songeait... mais peut-on savoir exactement à quoi songe une jeune fille de dix-sept ans, seule dans un bois, au seuil d'une matinée de printemps ?... Elle avançait donc rêveusement sur un chemin ombreux bordé de grands arbres, quand soudain surgit un beau chien d'arrêt, jappant après elle. Lisa prit peur et jeta un cri. Au même instant une voix se fit entendre : *Tout beau, Sbogar, ici !...* Et, sortant d'un buisson, apparut un jeune chasseur.

« N'aie pas peur, ma petite, dit-il à Lisa, mon chien ne mord pas. »

Lisa s'était déjà remise de sa frayeur ; elle sut aussitôt profiter des circonstances.

« J'ai peur tout de même, barine, dit-elle, avec un mélange de feinte terreur et de feinte timidité. Ton chien[10] a l'air très méchant ; il va encore se jeter sur moi. »

Cependant Alexeï (le lecteur l'a déjà reconnu) regardait fixement la jeune paysanne.

« Si tu as peur, je te reconduirai, lui dit-il ; tu permets que je marche à côté de toi ?

— Qui t'en empêche ? Chacun est libre et la route est à tous.

— D'où es-tu ?

— De Priloutchino ; je suis la fille de Vassili le forgeron. Je vais aux champignons. (Lisa portait un petit panier suspendu à une cordelette.) Et toi, barine, n'es-tu pas de Touguilovo ?

— Si fait, répondit Alexeï ; je suis le valet de chambre du jeune barine. »

Alexeï voulait se mettre sur un pied d'égalité. Mais Lisa le regarda en éclatant de rire.

« Tu mens, dit-elle. Pas si bête ! Je vois bien que tu es le barine.

— Et qu'est-ce qui te fait croire cela ?

— Tout !

— Mais encore ?

— Comme si je ne savais pas reconnaître un barine d'un domestique ? Tu n'es pas habillé comme nous ; tu ne causes pas comme nous ; tu parles à ton chien dans une autre langue ! »

Alexeï était de plus en plus charmé par Lisa. D'habitude il ne se gênait guère avec les jolies villageoises. Il allait saisir Lisa par la taille, mais elle se recula vivement et prit soudain un air si froid et si sévère qu'Alexeï ne se retint pas de rire ; mais il n'osa poursuivre ses tentatives.

« Si vous voulez que nous soyons amis, sur-veillez un peu vos gestes, dit-elle avec dignité.

— Qui t'a appris ces manières ? demanda Alexeï en riant. Serait-ce mon amie Nastienka, la femme de chambre de votre maîtresse ? Et voilà comment les bonnes manières se transmet-tent ! »

Lisa sentit qu'elle allait se trahir et, se reprenant aussitôt :

« Crois-tu donc que je ne sache pas voir et entendre quand je me trouve chez les maîtres ? Mais de bavarder ainsi, ce n'est pas ce qui remplira mon panier, dit-elle. Va ton chemin, barine, et laisse-moi suivre le mien. Adieu ! »

Lisa voulut s'éloigner, Alexeï la retint par la main.

« Comment t'appelles-tu, ma petite âme ?

— Akoulina, répondit Lisa, en s'efforçant de libérer sa main. Mais lâche-moi, barine, il est temps que je rentre.

— Eh bien ! ma petite amie, je ne manquerai pas d'aller voir ton père Vassili le forgeron.

— Que dis-tu ? Au nom du Christ, n'y va pas ! s'écria Lisa avec vivacité. Si on apprenait chez moi que j'ai bavardé avec un barine, seule dans les bois, il m'arriverait un malheur : mon père me battrait à mort.

— Mais je veux absolument te revoir.

— Eh bien ! Je reviendrai encore chercher des champignons par ici.

— Et quand ?

— Demain, si tu veux.

— Chère Akoulina, je t'embrasserais bien ; mais je n'ose pas. Alors, demain, à la même heure, n'est-ce pas ?

— Oui, oui.

— Bien vrai ?

— Je le promets.

— Jure-le.

— Je le jure, par le Vendredi saint[11]. »

Les jeunes gens se séparèrent. Lisa sortit du bois, traversa les champs, se glissa furtivement dans le jardin, et, courant à toutes jambes, gagna la ferme où Nastia l'attendait. Elle se changea bien vite, ne répondant que distraitement aux questions de l'impatiente confidente, et entra dans la pièce où le déjeuner tout servi l'attendait. Miss Jackson, déjà fardée et corsetée de manière à faire valoir une taille de guêpe, coupait le pain en fines tranches. Mouromski félicita Lisa pour sa promenade matinale.

« Rien n'est plus hygiénique, dit-il, que de se lever dès l'aube. »

Et de citer maints exemples de longévité, puisés dans des revues anglaises ; on pouvait observer, ajouta-t-il, que seuls dépassaient l'âge de cent ans ceux qui ne buvaient jamais de vodka et se levaient, été comme hiver, avec l'aube. Mais Lisa ne l'écoutait pas. Elle revivait tous les détails de sa rencontre matinale, de la conversation d'Akoulina avec le jeune chasseur... et elle était tourmentée de remords. En vain se persuadait-elle que leur entretien n'avait en rien dépassé les bornes de la bienséance, que cette espièglerie ne pouvait avoir aucune suite : sa conscience parlait plus haut que sa raison. Le rendez-vous du lendemain surtout l'inquiétait. Elle se sentait presque résolue à ne pas tenir son serment. Pourtant, si Alexeï, après une vaine attente, se mettait à chercher dans le village la fille du forgeron Vassili, la véritable Akoulina, cette grosse fille au visage grêlé, et découvrait la supercherie ?... Cette pensée épouvantait Lisa, et elle décida qu'Akoulina se rendrait de nouveau le lendemain matin dans le bosquet.

Alexeï, de son côté, était dans le ravissement. Il pensa tout le jour à sa nouvelle amie. La nuit, l'image de la belle enfant brune hanta ses rêves.

Le soleil se levait à peine, Alexeï était déjà tout habillé. Sans prendre le temps de charger son fusil, il sortit avec son fidèle Sbogar et courut au lieu du rendez-vous. Près d'une demi-heure s'écoula dans une intolérable attente. Enfin, il aperçut à travers les buissons un sarafane bleu et aussitôt s'élança à la rencontre de sa chère Akoulina. Celle-ci sourit aux transports de sa reconnaissance : mais Alexeï lut aussitôt sur son visage des traces d'inquiétude et de tristesse. Il voulut en connaître la cause. Lisa lui avoua qu'elle se reprochait la liberté de sa conduite, qu'elle s'en repentait, que, pour cette fois, elle n'avait pas voulu manquer à sa parole, mais que ce rendez-vous serait le dernier, et qu'elle le priait de couper court à des rapports qui ne pouvaient conduire à rien de bon. Bien que tout ceci fût dit en patois, des sentiments et des pensées si rares chez une fille du peuple ne laissèrent pas de frapper Alexeï. Il déploya toute son éloquence pour détourner Akoulina de sa résolution ; il l'assura de l'innocence de ses propres intentions ; il lui promit de ne jamais l'entraîner à rien dont elle eût à se repentir et de lui obéir en tout, mais la conjura de ne pas le priver de son unique bonheur : la voir seule, ne fût-ce que tous les deux jours, ne fût-ce que deux fois par semaine. Il parlait le langage de la vraie passion et en cet instant il était bien réellement amoureux. Lisa l'écoutait en silence.

« Promets-moi, lui dit-elle enfin, de ne jamais me chercher dans le village, de ne jamais inter- roger sur moi personne. Promets-moi de ne pas me demander d'autres rendez-vous que ceux que je t'accorderai de moi-même. »

Alexeï voulait jurer par le Vendredi saint, mais elle l'arrêta, en souriant.

« Je n'ai pas besoin d'un serment, dit Lisa ; ta promesse me suffit. »

Alors ils causèrent amicalement et se prome- nèrent dans les bois jusqu'au moment où Lisa lui dit : « Il est temps. » Ils se quittèrent.

Resté seul, Alexeï se demanda comment une simple petite villageoise, qu'il n'avait rencon- trée que deux fois, avait pu prendre sur lui tant d'empire. Ses relations avec Akoulina gardaient encore pour lui le charme de la nouveauté ; et, bien que les exigences de l'étrange paysanne lui parussent bien rigoureuses, il ne songea pas un instant à ne pas tenir sa promesse. C'est aussi que, malgré sa bague fatale, malgré sa corres- pondance mystérieuse, malgré ses sombres airs désabusés, Alexeï était un garçon bon et ardent, au cœur pur, capable d'apprécier les charmes de l'innocence.

Si je n'écoutais que mes goûts, je ne manque- rais point de décrire en détail les rencontres des jeunes gens, leur penchant mutuel et leur confiance grandissante, leurs occupations, leurs causeries, mais je doute si tous mes lecteurs par- tageraient ici mon plaisir. Ces descriptions, géné-

ralement, paraissent fades ; je prendrai donc le
parti de les omettre et dirai seulement qu'au bout
de deux mois à peine, Alexeï était éperdument
amoureux. Lisa, bien que plus réservée, n'était
pas moins éprise. Tous deux jouissaient du pré-
sent et songeaient peu à l'avenir. La pensée de
liens indissolubles traversait souvent leur esprit ;
mais ils n'en parlaient jamais. La raison en est
claire. Alexeï malgré tout son attachement ne
pouvait oublier la distance qui le séparait d'une
simple paysanne ; quant à Lisa, elle connaissait
trop la haine qui divisait leurs pères pour oser
espérer un accommodement. Ajoutons que son
amour-propre se trouvait secrètement piqué, par
un obscur et romanesque espoir de voir enfin le
seigneur de Touguilovo aux pieds de la fille du
forgeron de Priloutchino. Un événement considérable faillit subitement modifier leurs rapports.

Par une matinée claire et froide (comme celles
dont notre automne russe est prodigue), Ivan
Pétrovitch Bérestov sortit à cheval pour une promenade ; il emmenait avec lui, à tout hasard,
trois paires de lévriers, un piqueur et plusieurs
gamins munis de crécelles. De son côté, Grigori
Ivanovitch Mouromski se laissa séduire par le
beau temps ; ayant fait seller sa jument anglaise,
il partit au trot pour faire le tour de ses domaines.
Il approchait du bois, lorsque apparut son voisin, vêtu d'une casaque doublée de renard, fière
et droit en selle, dans l'attente du lièvre que les
cris et les crécelles des gamins devaient débus-
quer. Si Grigori Ivanovitch l'avait vu d'assez loin,
il aurait assurément tourné bride pour prévenir

cette rencontre. Mais il tomba sur Bérestov ino-
pinément. Celui-ci se trouva tout à coup en face
de lui à la distance d'une portée de pistolet. Il
n'y avait plus à reculer. Mouromski, en Européen
civilisé, s'approcha de son ennemi et lui fit un
salut courtois. Le salut que lui rendit Bérestov
avait autant de grâce que celui d'un ours, docile
aux ordres de son montreur. Au même instant un
lièvre sortit du bois et bondit à travers champs ;
Bérestov et son piqueur donnèrent aussitôt de la
voix et, lâchant les chiens, s'élancèrent au galop.
La jument de Mouromski, qui n'avait jamais pris
part à une chasse, fit un écart et s'emballa. Mouromski se flattait d'être un excellent cavalier. Il
rendit donc la main, ravi dans son for intérieur,
du hasard qui le dérobait à une rencontre désa-
gréable. Mais la jument, devant un fossé qu'elle
n'avait pas aperçu, se jeta soudain de côté, et
Mouromski, désarçonné, tomba lourdement sur
la terre gelée. Il restait là, étendu, maudissant
sa jument, qui, sitôt qu'elle se sentit sans cavalier, s'arrêta. Ivan Pétrovitch accourut au galop
et demanda à Grigori Ivanovitch s'il n'était pas
blessé. Le piqueur ramena par la bride la jument
coupable et aida Mouromski à se remettre en
selle. Bérestov cependant insista pour le rame-
ner à Touguilovo. Mouromski qui se sentait son
obligé ne put refuser. C'est ainsi que Bérestov
rentra couvert de gloire : il rapportait un lièvre
et ramenait son ennemi blessé comme il eût
fait d'un prisonnier de guerre. Pendant le déjeuner, la conversation se fit assez cordiale. Mouromski avoua que ses contusions l'empêcheraient

de remonter à cheval, et, pour rentrer chez lui, demanda à Bérestov une voiture. Bérestov l'accompagna jusqu'au perron et Mouromski ne partit qu'après avoir fait solennellement promettre à son voisin de venir dîner le lendemain à Priloutchino avec Alexeï Ivanovitch, en amis.

C'est ainsi qu'une ancienne inimitié aux racines profondes prit fin, grâce à l'humeur craintive d'une jument anglaise.

Lisa accourut au-devant de Grigori Ivanovitch.

« Mais, qu'est-ce qu'il y a, papa ? Vous boitez ! dit-elle avec étonnement. Où est votre cheval ? À qui est cette voiture ?

— Voilà ce que tu ne devineras jamais, *my dear* », lui répondit Grigori Ivanovitch, et il lui raconta toute l'histoire.

Lisa n'en croyait pas ses oreilles. Grigori Ivanovitch, sans lui laisser le temps de se ressaisir, lui annonça qu'il attendait les deux Bérestov à dîner le lendemain.

« Qu'est-ce que vous dites ? s'écria Lisa en pâlissant. Les Bérestov, le père et le fils, à dîner chez nous, demain ! Non, non, papa ! Faites ce que vous voudrez ; quant à moi, je ne me montrerai pour rien au monde !

— As-tu perdu la raison ? répliqua le père. Tu n'es pourtant pas si timide... ou bien aurais-tu hérité de ma haine, comme une héroïne de roman ? Allons, pas d'enfantillage !...

— Non, papa ! non, pour rien au monde ; pour tout l'or du monde, je ne paraîtrai pas devant eux ! »

Grigori Ivanovitch haussa les épaules et cessa

de discuter. Il connaissait l'esprit de contradiction de sa fille, et, sachant que rien ne la ferait céder, il alla se reposer de cette mémorable aventure.

Lisavéta Grigorievna se retira dans sa chambre et fit venir Nastia. Toutes deux épiloguèrent longuement sur cette visite du lendemain. Que penserait Alexeï s'il venait à reconnaître dans la fille du barine son Akoulina ?... Que penserait-il de sa conduite et de son bon sens ? Et pourtant, quel amusement d'observer sur Alexeï l'effet d'une révélation si surprenante !

« J'ai une idée merveilleuse ! » s'écria tout à coup Lisa.

Elle en fit part à Nastia ; toutes deux s'en amusèrent et résolurent de la mettre à exécution.

Le lendemain, à déjeuner, Grigori Ivanovitch demanda à sa fille si elle était toujours décidée à ne pas se montrer aux Bérestov.

« Puisque vous le désirez tant, répondit Lisa, je les recevrai ; mais à une condition : de quelque façon que je me présente, et quoi que je fasse, promettez-moi de ne point me gronder et de ne manifester ni surprise, ni mécontentement.

— Encore quelque gaminerie, dit Grigori Ivanovitch en riant ; mais soit ! J'y consens. Fais ce que tu voudras, ma petite gipsy. »

Il embrassa sa fille sur le front, et celle-ci courut se préparer.

À deux heures précises, une calèche campagnarde attelée de six chevaux entra dans la cour et contourna la pelouse. Escorté de deux valets de pied de Mouromski, le vieux Bérestov gravit le perron. Son fils arriva à cheval aussitôt après lui, et tous deux entrèrent dans la salle à manger, où le couvert était déjà mis. Mouromski reçut ses voisins on ne peut plus aimablement ; il leur fit visiter avant le dîner le jardin et la ménagerie, et les promena le long d'allées de sable fin soigneusement entretenues.

« Que de travail et de temps gaspillés à de vaines fantaisies ! » déplorait intérieurement le vieux Bérestov ; mais il se taisait par politesse. Son fils ne partageait ni la réprobation du propriétaire économe, ni la satisfaction infatuée de l'anglomane ; il ne songeait qu'à la jeune fille dont on lui avait tant parlé et dont il attendait l'apparition avec impatience. Car bien qu'épris déjà — nous le savons — une jeune beauté avait toujours droit à son attention.

En rentrant au salon, ils s'assirent tous les trois ; les vieux évoquèrent le passé, et se racontèrent des anecdotes du temps de leur service. Alexeï pensait au rôle qu'il jouerait en présence de Lisa. Il jugea que le mieux serait de prendre une attitude indifférente ; il s'y préparait.

En entendant la porte s'ouvrir, il tourna la tête avec une nonchalance si hautaine que le cœur de la coquette la plus assurée en eût frémi. Par malheur, au lieu de Lisa, ce fut la vieille miss Jackson, maquillée, sanglée, les yeux baissés, qui entra en faisant une légère révérence. Et Alexeï en fut pour sa parfaite manœuvre. À peine avait-il eu le temps de se remettre que la porte s'ouvrit de nouveau, et cette fois ce fut Lisa qui entra. Tout le monde se leva. Mou-

romski commença les présentations, mais soudain s'arrêta en se mordant les lèvres... Lisa, sa
brune Lisa, le visage enduit de blanc jusqu'aux
oreilles, et les yeux plus fardés encore que ceux
de miss Jackson, s'était affublée d'une perruque
aux boucles blondes et crêpelées à la Louis XIV,
beaucoup plus claire que ses propres cheveux ;
un corsage aux manches *à l'imbécile*, et raides
comme les paniers de Mme de Pompadour, lui
faisait une taille d'X ; à ses doigts, à son cou,
à ses oreilles, scintillaient tous les diamants
de sa mère non encore engagés au mont-de-
piété. Comment Alexeï aurait-il pu reconnaître
son Akoulina dans cette demoiselle étincelante
et ridicule ? Le vieux Bérestov lui baisa la
main ; Alexeï suivit son exemple à contrecœur.
Lorsque ses lèvres effleurèrent les petits doigts
blancs, il lui sembla que ceux-ci tremblaient. Il
sut remarquer un petit pied chaussé avec toute
la coquetterie possible, et que l'on avançait à
dessein ; ce petit pied le réconcilia quelque peu
avec le reste de la parure. Quant aux fards,
Alexeï, dans la simplicité de son cœur, ne les
remarqua même pas.

Grigori Ivanovitch, tenu par sa promesse, s'efforçait de ne point trahir sa stupeur ; mais l'espièglerie de sa fille lui parut si divertissante qu'il
eut peine à se contenir. La vieille Anglaise guindée ne riait guère. Elle se doutait bien que les
fards avaient été dérobés dans sa commode, et
tout le blanc de ses joues ne parvint pas à couvrir la rougeur de son violent dépit. Elle jetait
des regards courroucés sur la jeune écervelée qui

n'en avait cure et qui remettait toute explication
à plus tard.

On se mit à table. Alexeï continuait à jouer son
rôle d'indifférent et de rêveur. Lisa minaudait, ne
parlait qu'en français et du bout des lèvres, avec
une lenteur affectée. Son père la dévisageait sans
cesse, ne parvenant pas à comprendre la raison
de cette comédie ; au demeurant fort amusé.
L'Anglaise rageait, mais en silence. Seul Ivan
Pétrovitch était tout à fait à son aise. Il mangeait
comme quatre, buvait ferme, s'esclaffait à ses
propre saillies, de plus en plus hilare et cordial.
Enfin on se leva de table ; les invités s'en allè-
rent, et Grigori Ivanovitch put donner libre cours
à son rire et à ses questions.

« Veux-tu me dire à quoi rime cette mysti-
fication ? demanda-t-il à Lisa. Pour ce qui est
du blanc, il te va vraiment à ravir ; je n'ai pas
à entrer dans les secrets de la toilette féminine,
mais si j'étais toi, j'en mettrais toujours... Peut-
être un peu moins, tout de même. »

Lisa s'applaudissait du succès de sa ruse. Elle
embrassa son père, lui promit de réfléchir à son
conseil et courut apaiser miss Jackson ; celle-ci,
fort irritée, fit beaucoup de façons avant de
consentir à ouvrir sa porte et à prêter l'oreille à
des explications : Lisa avait honte de laisser voir
à des étrangers son teint basané... elle n'avait pas
osé demander... mais elle était très sûre que la
bonne, la chère miss Jackson lui pardonnerait,
etc., etc. Miss Jackson, qui craignait d'abord que
Lisa n'eût cherché à la tourner en ridicule, se
calma, l'embrassa et, en gage de réconciliation,

lui fit cadeau d'un petit pot de blanc anglais, que Lisa accepta avec les marques de la plus vive reconnaissance.

Le lecteur aura deviné que Lisa n'eut garde, le lendemain matin, de manquer au rendez-vous du bosquet.

« Eh bien ! barine, tu as été hier chez nos maîtres ? dit-elle aussitôt à Alexeï. Comment as-tu trouvé la demoiselle ? »

Alexeï répondit qu'il l'avait à peine regardée.

« C'est dommage, reprit Lisa.

— Et pourquoi donc ? demanda Alexeï.

— Parce que je voulais te demander si ce qu'on dit est vrai.

— Et que dit-on ?

— Que je ressemble à la demoiselle.

— Quelle absurdité ! c'est un monstre auprès de toi !

— Ah ! barine, quel péché de parler ainsi ! Une demoiselle si blanche, si élégante ! Tandis que moi... »

Alexeï protesta qu'elle l'emportait sur les plus blanches demoiselles, et pour achever de la rassurer, commença de décrire l'autre avec une verve si comique que Lisa se mit à rire de tout cœur. Puis, avec un soupir :

« Pourtant, dit-elle, si peut-être notre demoiselle est un peu ridicule, je ne suis, à côté d'elle, qu'une petite sotte : je ne sais ni lire ni écrire.

— Bah ! fit Alexeï, il n'y a pas là de quoi se désoler : si tu veux, je t'apprendrai vite tout cela.

— Eh bien ! dit Lisa, on pourrait peut-être essayer.

— Bien volontiers, ma charmante ; mettons-nous-y tout de suite. »

Ils s'assirent. Alexeï tira de sa poche un crayon et un petit carnet. Akoulina apprit ses lettres avec une surprenante facilité. Alexeï admirait son intelligence. Le lendemain matin, elle voulut apprendre à écrire ; le crayon tombait d'abord de ses doigts gauches, mais, au bout de quelques minutes, elle parvint à former les lettres assez convenablement.

« Quel prodige ! disait Alexeï ; elle avance plus rapidement encore que par la méthode Lan-castre[12]. »

Et dès la troisième leçon, Akoulina épelait *Nathalie, fille de boïar*[13]. Elle interrompait sa lecture par des réflexions qui ne cessaient de plonger Alexeï dans le ravissement, et, de plus, elle avait couvert une feuille de papier d'aphorismes tirés de ce conte.

Bientôt une correspondance s'établit entre eux. La boîte aux lettres fut installée dans le creux d'un vieux chêne. La discrète Nastia jouait le rôle de facteur… Alexeï confiait au chêne des missives en larges caractères ; il trouvait dans la cachette les feuilles de gros papier bleu couvert des griffonnages de sa bien-aimée. Le style d'Akoulina allait s'améliorant ; son intelligence se développait ; elle faisait des progrès sensibles.

D'autre part les nouvelles relations entre Ivan Pétrovitch Bérestov et Grigori Ivanovitch Mou-romski devenaient de plus en plus cordiales ; c'était déjà presque de l'amitié ; et voici comment cela s'explique : Alexeï, à la mort d'Ivan Pétro-

vitch, devait hériter tous ses biens et, par consé-
quent, devenir le plus riche propriétaire foncier
de la province ; c'est ce que savait Mouromski et
souvent il se redisait qu'Alexeï n'aurait aucune
raison de ne pas épouser Lisa. Le vieux Bérestov, de son côté, reconnaissait à son voisin, en
dépit de ses extravagances (ce qu'il appelait ses
folies anglaises), de nombreuses et remarquables
qualités, à commencer par l'*avisance*. Grigori
Ivanovitch était proche parent du comte Pronski,
personnage bien né et puissant. Le comte pouvait
être utile à Alexeï, et Mouromski (ainsi pensait
Ivan Pétrovitch) ne laisserait pas de se féliciter si
sa fille faisait un avantageux mariage. Les deux
vieux y pensaient tant et si bien qu'un jour vint
où ils s'en expliquèrent. Ils s'embrassèrent et se
promirent de mener à bien ce projet ; chacun de
son côté se mit à l'œuvre. La difficulté pour Mouromski était de décider Betsy à faire plus ample
connaissance avec Alexeï, qu'elle n'avait pas revu
depuis le mémorable dîner. Nos deux jeunes
gens, semblait-il, ne se plaisaient guère ; Alexeï
n'était plus retourné à Priloutchino, et Lisa se
retirait dans sa chambre chaque fois qu'Ivan
Pétrovitch les honorait de sa visite. « Mais,
pensait Grigori Ivanovitch, il suffirait qu'Alexeï
vienne ici chaque jour pour que Betsy, nécessai-
rement, tombe amoureuse. Cela n'est-il pas dans
l'ordre des choses ? Le temps arrange tout. »
   Quant à Ivan Pétrovitch, il ne doutait pas de
la réussite. Le soir même il fit venir son fils dans
son cabinet, alluma une pipe, et, après un court
silence, lui dit :

« Depuis longtemps, Aliocha, tu ne parles plus d'entrer dans l'armée. Pourquoi ? L'uniforme de hussard ne te séduit donc plus ?

— Mais, mon père, répondit respectueusement Alexeï, je sais qu'il ne vous plaît pas que je devienne hussard ; mon devoir est de vous obéir.

— Parfait, répondit Ivan Pétrovitch ; j'ai plaisir à te savoir docile ; cela me rassure. Mais je ne veux pourtant pas te contraindre : je ne t'oblige pas à te… à accepter tout de suite… un poste dans l'administration. Mais en attendant j'ai l'intention de te marier.

— Avec qui donc, mon père ? demanda Alexeï, étonné.

— Avec Lisavéta Grigorievna Mouromski, répondit Ivan Pétrovitch ; une fiancée qui n'a pas sa pareille ; n'est-il pas vrai ?

— Mais, mon père, je ne songe pas encore au mariage !

— Tu peux bien ne pas y songer, mais moi, j'y ai pensé et repensé pour toi.

— Tout à votre aise, mon père ; mais Lisa Mouromski ne me plaît pas.

— Elle te plaira plus tard. L'amour vient avec le temps.

— Je ne me sens pas capable de faire son bonheur.

— Qui parle ici de son bonheur ? Ainsi tu refuses d'obéir à ton père ?

— Je ne veux pas me marier et je ne me marierai pas !

— Tu te marieras, ou je te maudirai ! Quant

aux terres, je jure Dieu que je les vendrai, que je mangerai tout et que tu n'auras pas un liard ! Je te laisse trois jours pour réfléchir. D'ici là, ne t'avise pas de reparaître devant moi. »

Alexeï ne savait que trop, si son père se mettait une idée en tête, qu'on ne l'en pourrait « arracher même avec une tenaille », suivant l'expression de Tarass Skotinine[14] ; mais Alexeï avait hérité cela de son père : il était tout aussi difficile de le faire changer d'avis.

Il se retira dans sa chambre pour se livrer à des réflexions sur le pouvoir paternel ; puis il songea à Lisavéta Grigorievna, à la menace de son père de le réduire à la mendicité, puis enfin à Akoulina. Et pour la première fois il dut convenir qu'il était passionnément épris. La romanesque idée d'épouser une paysanne et de devoir travailler pour vivre lui vint à l'esprit, et plus il y pensait, plus cela lui paraissait raisonnable.

Depuis quelque temps, leurs rendez-vous étaient empêchés par les pluies. Alexeï, de sa plus lisible écriture et du style le plus passionné, écrivit à Akoulina une lettre où il lui annonçait la catastrophe qui les menaçait ; il terminait en lui offrant sa main. Il courut porter la lettre dans le creux de l'arbre, puis rentra se coucher, fort satisfait de lui-même.

Le lendemain, bien assuré dans sa résolution, il se rendit de bon matin chez Mouromski pour avoir avec lui une explication bien franche. Il espérait le toucher, le convaincre ; il ferait appel à sa générosité pour s'assurer de son appui.

« Grigori Ivanovitch est-il chez lui ? demanda-t-il, en arrêtant son cheval devant le perron du château de Priloutchino.

— Non, monsieur, répondit le domestique. Grigori Ivanovitch est sorti ce matin de bonne heure. »

« Quel dommage ! » pensa Alexeï.

« Lisavéta Grigorievna, du moins, est-elle à la maison ?

— Oui, monsieur. »

Alexeï sauta à terre, jeta la bride aux mains du valet et entra sans se faire annoncer.

« Le sort en est jeté, pensa-t-il en s'approchant du salon ; c'est avec elle-même que je m'expliquerai. »

Il entra donc... et s'arrêta stupéfait. Lisa... non : Akoulina, la chère, la brune Akoulina, non plus en sarafane, mais en blanc déshabillé du matin, assise auprès de la fenêtre, lisait sa lettre. Elle était si absorbée dans sa lecture qu'elle ne l'entendit pas entrer. Alexeï ne put retenir une exclamation joyeuse. Lisa tressaillit, poussa un cri ; elle allait s'enfuir, mais s'élançant vers elle, Alexeï la retint :

« Akoulina ! Akoulina !...

— *Mais laissez-moi donc, monsieur ; mais êtes-vous fou ?* disait-elle en se détournant de lui.

— Akoulina ! mon Akoulina bien-aimée ! » disait-il, en lui baisant les mains.

Miss Jackson, témoin de cette scène, ne savait que penser.

À cet instant la porte s'ouvrit, laissant entrer Grigori Ivanovitch.

« Eh ! eh ! fit Mouromski. L'affaire me paraît en bonne voie... »

Le lecteur, ici, me fera grâce ; je le laisse imaginer le dénouement.

NOTES

1. Eugène Abramovitch Baratynski (ou Boratynski) (1800-1844), poète, ami de Pouchkine, un des fondateurs de *La Gazette littéraire*. La première épigraphe est empruntée à son poème *Le Bal* (1828).

2. *Un soir au bivouac*, nouvelle d'Alexandre Biestoujev-Marlinski (1797-1837), ami de Pouchkine, futur décembriste, directeur de la revue *L'Étoile polaire* qui publia souvent des poésies de Pouchkine.

3. Alexandre P. Bourstov (mort en 1813), officier de hussards à qui le poète-partisan D. V. Davydov (1784-1839) fit une réputation par son invocation bachique : « Bourstov, gaillard bagarreur... »

4. La légende attribue ce geste à Pouchkine lui-même dans un de ses duels.

5. La bataille de Sculani sur le Prout (17 juin 1821) consomma la défaite des volontaires de l'hétairie en Moldavie ; les survivants se réfugièrent de l'autre côté du fleuve, à la quarantaine frontalière russe. Beaucoup de jeunes Russes avaient épousé la cause de l'insurrection hellénique (et Pouchkine lui-même, quand il était à Kichiniov, fut un moment tenté de le faire).

LE MARCHAND DE CERCUEILS

1. Citation du poème *La Chute d'eau* (1794) de Dierjavine.

2. L'un dans *Hamlet*, l'autre dans *La Fiancée de Lammermoor*.

3. Razgouliaï, faubourg de Moscou.

4. Sergent de ville : en russe *boudotchnik* (de *boudka*, « guérite »), montant la garde jour et nuit, armé d'une hallebarde.

5. A. Pogorielski, écrivain mineur contemporain de Pouchkine, dans sa nouvelle *La Pâtissière de Lafertovo*.

6. Citation — décrivant la tenue du *boudotchnik* — d'un conte d'Alexandre Izmaïlov (1778-1831) : *Pakhomovna la folle*.

7. « Chez lui », c'est-à-dire au poste de police.

8. Citation un peu altérée de Jacques Kniajnine (1742-1791), poète et dramaturge, dans sa comédie *Le Hâbleur* (1786).

9. Selon la coutume russe, avant la mise en bière.

LA DEMOISELLE-PAYSANNE

1. Citation extraite de *Douchenka* (« Petite âme », 1775), poème (librement inspiré de la *Psyché* de La Fontaine) d'Hyppolite F. Bogdanovitch (1743-1803).

2. L'année 1797 est la date de l'avènement de Paul Ier qui, dans son parti pris de contestation de toute la politique de sa mère Catherine II (qui l'avait tenu écarté du pouvoir), persécuta particulièrement les officiers de la Garde — ce qui devait être une des causes de sa chute et de son assassinat en 1801.

3. « Mais le blé russe ne pousse pas sur le mode étranger », disait dans une de ses satires (« Molière, ton génie que rien n'égale au monde... ») le prince

Alexandre Chakhovskoï (1777-1846), poète et dramaturge de la tendance traditionaliste (ennemie des influences littéraires étrangères) à laquelle s'opposait, dans les années de jeunesse de Pouchkine, le groupe de l'*Arzamas* de Karamzine.

4. Le Conseil de Tutelle était à la fois institution de bienfaisance (pour les orphelins) et crédit foncier prêtant sur hypothèque.

5. Le port de la moustache était obligatoire dans l'armée.

6. *Paméla ou la Vertu récompensée*, de Richardson (1741).

7. « Cracher sur » quelqu'un ou quelque chose est une expression de mépris, toute métaphorique, très usitée des Russes. Elle s'exprime par l'interjection *t'fou !*

8. Le sarafane est la robe d'apparat, aux vives couleurs, de la paysanne russe.

9. *Lapti* : chaussures paysannes faites de bandes d'écorce de bouleau entrelacées.

10. Lisa, jouant la paysanne, doit renoncer au vouvoiement inconnu des moujiks.

11. « Par le Vendredi saint » : plus exactement, dans l'esprit de la « paysanne » Lisa, « Par Sainte Vendred ». Le nom du Vendredi (*piatnitsa*), féminin en russe, est en effet le second nom d'une sainte particulièrement révérée, sainte Parascève ou Prascovie.

12. La méthode Lancastre (du pédagogue anglais Lancaster) dite « d'enseignement mutuel », où les meilleurs élèves prennent en charge les moins doués, fut, à l'époque de la Restauration, une des manifestations de l'anglomanie en France, et bientôt dans la société noble de Russie.

13. Nouvelle sentimentale de N. M. Karamzine (1792).

14. Tarass Skotinine, personnage de la comédie de Fonvizine, *Le Mineur*.

COLLECTION FOLIO 2€

Composition Nord Compo
Impression Novoprint
à Barcelone , le 05 mai 2014
Dépôt légal : mai 2014

ISBN 978-2-07-045720-5./Imprimé en Espagne.